Exemplaire de Barre

Vente du Jeudi 23 Avril 1874

ŒUVRES

DU BARON

A.-G. LANZIROTTI

STATUAIRE

Mᵉ CHARLES OUDART, COMMISSAIRE-PRISEUR

M. ÉMILE BARRE, EXPERT

CONDITIONS DE LA VENTE

Elle sera faite au comptant.

Les acquéreurs payeront *cinq centimes par franc*, en sus des enchères, applicables aux frais.

L'Exposition mettant les Adjudicataires à même de se rendre compte de l'état et de la nature des objets, il ne sera admis aucune réclamation une fois l'adjudication prononcée.

PARIS. — J. CLAYE, IMPRIMEUR, 7, RUE SAINT-BENOIT.

CATALOGUE

DES

MARBRES

TERRES CUITES ET BRONZES

OEUVRES DU BARON

A.-G. LANZIROTTI

STATUAIRE

DONT LA VENTE AURA LIEU

HOTEL DROUOT, SALLE N° 8

Le Jeudi 23 Avril 1874

A TROIS HEURES ET DEMIE

PAR LE MINISTÈRE DE **Me CHARLES OUDART**, COMMISSAIRE-PRISEUR

31, rue Le Peletier

ASSISTÉ DE **M. ÉMILE BARRE**, EXPERT

20, Chaussée-d'Antin

Chez lesquels se délivre le présent Catalogue

EXPOSITIONS

PARTICULIÈRE	PUBLIQUE
Le Mardi 21 Avril 1874	Le Mercredi 22 Avril 1874

DE 1 HEURE A 5 HEURES 1/2

A

A.-G. LANZIROTTI

Mon cher ami,

Il y a dix ans, Bougival était à peine connu; il venait tout au plus d'être découvert. Dumas fils y avait caché les amours de sa Dame aux Camélias, trouvant que c'était un des endroits les plus ignorés des environs de Paris. Pourtant, toute une colonie d'explorateurs hardis avait déjà parcouru les coteaux de Lucienne où la Du Barry, poursuivie par le mal du pays, était venue sottement se faire prendre sous la Terreur, et ces bords fleuris de la Seine que Mme Deshoulières avait chantés. Sardou habitait sur la colline, y terminant les Intimes, et jetant dans les populations rurales ces bases solides de popularité qui le firent plus tard nommer conseiller municipal; Augier, dans la plaine, mettait la dernière main au Fils de Giboyer; le maréchal Magnan venait se promener au bal des canotiers; Couderc, le joyeux général Boum, y installait son bonheur conjugal; la belle Addah Menken y mourait au milieu de nous, et une jeune génération de littérateurs, de poëtes, d'artistes, d'hommes politiques ou financiers, y menaient la vie de bohème, joyeuse à la fois et studieuse, sous la protection des réputations déjà éclatantes, et qui s'étaient réfugiées dans ce pays neuf encore et peu fréquenté des badauds.

C'est là que je vous ai connu. Vous et moi, n'en étions pas les Christophe Colomb, mais nous étions les Pizarre et les Cortez; arrivés les derniers, nous avions réellement conquis le territoire.

Pêchant, chassant, passant notre vie sur l'eau, au grand soleil ou sous le rayonnement éclatant des étoiles, nous y dépensions le trop-plein de notre vie, sans pourtant perdre de vue le moment où il nous faudrait apporter à la France notre tribut de dévouement et de travail.

C'était la belle époque de notre jeunesse, plus belle que celle que dépeignit Mürger, car le grand air vaut mieux que l'atmosphère des estaminets fumeux, et Schaunard et ses compagnons eussent mieux gardé les grandes traditions du beau et du bien, s'ils eussent aimé, chanté, vécu, sous les arbres verts, au parfum des fleurs, au chant des oiseaux, au lieu de monter la rue des Martyrs tous les soirs et les cinq étages de leur escalier obscur.

Vous rappelez-vous les sérénades en bateaux, sérénades auxquelles il ne manquait ni les résilles madrilènes, ni les jaloux faisant le guet? Vous souvenez-vous des grands coups d'épée dans l'île de Croissy, célébrée par notre pauvre ami Ponson du Terrail?

Tout cela dura deux, trois ans. La France était heureuse comme elle ne le fut jamais, car la politique dormait, et l'idée ne nous venait même pas de nous demander si nous avions une opinion.

Combien de nous sont morts, mon cher ami, qui, tout en

jetant un regard amoureux sur la vie joyeuse du moment, de temps en temps dardaient pourtant leur œil rêveur et ambitieux sur l'avenir!

Vous et moi, nous appartenons à ceux qui sont encore debout, et ce n'est pas sans émotion que, pour la première fois, je vous ramène aux heures bénies de notre insouciante jeunesse.

En sortant de là, je pris la plume; vous, vous saisîtes le ciseau. Je devins écrivain, vous fûtes statuaire.

Nous vous aimions tous comme un grand frère; vous étiez plus âgé que nous de quelques années à peine et vous aviez déjà mené une vie orageuse, qui nous inspirait admiration et respect.

De grande, d'illustre famille sicilienne, vous étiez arrivé en France, et cet art, que vous n'aviez appris que pour charmer vos loisirs, devait tout d'un coup s'emparer de votre vie entière.

Mais votre énergie était immense; vous vouliez arriver; vous êtes arrivé.

Par le talent, par le dévouement à votre nouvelle patrie adoptive, vous avez conquis une place honorable parmi nos meilleurs et nos plus grands artistes.

Et c'est moi, moi votre vieux camarade, qui ai la joie de vous présenter au public français, aujourd'hui que, réunissant vos différentes œuvres, vous les offrez en exposition particulière.

J'ai sollicité cette faveur, et vous me l'avez affectueusement accordée, vous réservant peut-être de me payer cela un jour, si jamais je suis assez heureux pour tomber au champ du devoir, comme tomba votre ami Franchetti, dont vous avez immortalisé la tombe.

Je ne suis pas, cher ami, ce qu'on appelle un critique d'art : je n'y mets même aucune prétention. Seulement, je crois sincèrement que l'homme dont le raisonnement est juste, qui préfère en général l'idéal poétique à la réalité laide, peut posséder une certaine sensibilité dans le jugement, qui a sa valeur et qui vaut mieux parfois que l'expérience froide et blasée de ceux qui font métier d'admirer ou de blâmer.

Une chose vraiment belle ne m'a jamais laissé indifférent, qu'elle prenne pour forme le marbre, la voix humaine ou la couleur.

Je me contente donc de mon petit bagage, me bornant à raconter ma visite dans votre atelier et à tâcher de devancer l'opinion de ceux qui ne verront qu'après moi ce que j'ai déjà vu.

Je ne sais pas si je me trompe, mais il me semble que vous avez cherché surtout à satisfaire le goût et les exigences du jour, en rendant la sculpture applicable à la décoration des appartements exigus de notre époque.

A Rome, à Florence, à Venise, où les palais s'étalent dans leur majestueuse grandeur, on peut trouver facilement la place nécessaire aux grands sujets qui sont traités dans les proportions antiques. Mais en France, l'hôtel le plus considérable serait vite encombré par un Apollon ou par une Vénus de taille naturelle.

Il faut faire plus petit : c'est ce que vous avez essayé, mariant toujours le sentiment élevé du réalisme à la correction de la ligne grecque.

Vos marbres sont ce qu'on appelle finis ; jamais vous ne les laissez sortir de l'atelier sans leur avoir donné ce dernier travail qui transforme la matière dure et rugueuse en vêtements souples, en cheveux qui ondulent ou en chair qui vit et respire. Aussi vos œuvres contrastent-elles avec les œuvres froides et inanimées de beaucoup d'artistes en renom. De plus, votre pensée, toujours poétique, élève l'âme et satisfait les yeux sans les choquer par des expressions basses ou grossièrement sensuelles. Gentilhomme de naissance, vous êtes demeuré gentilhomme dans l'art, et vous n'avez jamais voulu sacrifier à la trivialité du jour.

Rien de plus charmant que les deux groupes : LA DÉFENSE *et* LA PROMESSE.

LA DÉFENSE *représente un enfant qui défend sa grappe de raisin contre une perruche gourmande. La physionomie tout à la fois colère et craintive de l'enfant est extrêmement naturelle; son mouvement de retraite de corps est gracieux et le modelé est néanmoins ferme et souple.*

Dans LA PROMESSE, *un enfant élève sa main gauche et en menace un petit caniche qui fait le beau, ayant l'air de lui dire : « Obéis, sois sage, et tu auras le sucre que je cache dans ma main droite. »*
Beau marbre, exécution parfaite et charme général.

Puis viennent quatre statuettes; quoique de demi-grandeurs naturelles, elles semblent les réductions délicieuses de grandes et belles œuvres; on dirait quatre grandes statues regardées par le petit bout de la lorgnette.

LA ROSÉE *est bien la statuette poétique par excellence. Elle effleure à peine la terre dans sa démarche légère, et elle* laisse tomber de son amphore quelques gouttes bienfaisantes, pour rafraîchir la végétation, altérée par le soleil de la veille.

La Source est plus terrestre, plus réaliste, dans la noble acception du mot. Pour représenter le rocher nu, aride, d'où jaillit l'onde, l'artiste a pris une jeune femme nue, mais nue de cette nudité chaste et pure que les poètes prêtaient aux nymphes des bois et des eaux.

La Glaneuse est la fille des champs, naïve et intelligente comme Ruth, qui pense, s'arrête dans son travail et jette les yeux au ciel, pour remercier Dieu des épis qu'il a fait oublier sur son chemin.

L'Innocence sert de pendant à la Glaneuse. Elle a sa robe pleine de fleurs, et il s'en échappe un serpent qui glisse furtivement autour de son bras et monte jusqu'à son épaule. L'imprudente le caresse de sa main droite.

Nous trouvons ensuite quinze bustes, tous traités de main de maître; ce sont des types divers, d'une grande vérité d'expression et d'une exécution parfaite.

La Rose est une merveille. La bouche de cette jeune fille semble exhaler le parfum de la fleur. Le nez est d'une finesse exquise, les yeux parlent.

Les Quatre Saisons forment une superbe décoration de salle à manger. Elles expriment bien, par leur physionomie et leurs attributs, les quatre transitions de l'année.

Les cinq petits bustes d'enfants, avec des physionomies différentes, les unes gaies, les autres tristes ou étonnées, constituent l'ensemble le plus spirituel et le plus gracieux que l'on puisse voir.

La Méditation forme un heureux contraste avec la Gaieté. Ces deux têtes sont vivantes.

Enfin, et je termine par une des perles de cette exposition, LE LILAS, figure souriante et insouciante où la jeunesse et la beauté se disputent chaque trait.

Une indiscrétion d'atelier prétend que c'est le portrait frappant d'une jeune fille du monde, et dont l'heureux père a permis de reproduire le joli visage.

Parmi les terres cuites, j'ai remarqué deux groupes, LA HARDIESSE et LA CRAINTE, d'une composition très-hardie et d'un effet saisissant.

Telle est votre œuvre de trois années de labeur incessant.

Franchement, courageusement, vous avez négligé toute réclame malsaine, toute banque vulgaire, et vous avez voulu vous placer, à l'Hôtel des Ventes, en face du public, du vrai public, n'attendant que de lui seul le suffrage qui consacre le talent, et l'argent noblement gagné, qui le paye.

Vous n'avez même pas attendu les commandes, n'aimant pas l'incertitude qui souvent arrête l'acheteur et lui fait redouter que la statue ne réalise pas les promesses de l'esquisse ou de l'ébauche, vous lui livrez le travail terminé, fini, complet, et c'est à lui à le prendre ou à le laisser. Vous avez compris les exigences de notre temps : on va, on vient, avec la rapidité du chemin de fer; les désirs des acheteurs sont transmis par le télégraphe. Il faut donner des choses prêtes, livrer de la main à la main.

Vous avez mis des années à être prêt. C'est fait. Vous êtes tout entier dans votre exposition. La grâce et en même temps la puissance de l'exécution, sont réunies dans vos trente bustes ou statues. Vous avez un grand talent, mon ami, et si la Fortune veut être juste une fois et soulever en votre faveur le bandeau qui l'aveugle d'ordinaire, votre rang est tout indiqué, car c'est le premier rang.

C'est la première fois, mon cher ami, et la dernière fois, que je détourne de l'horizon de la politique assombrie mon attention, pour la porter sur des sujets riants et qui respirent le calme religieux de l'art. Puissé-je vous porter bonheur et donner une forme utile et heureuse à la fraternelle affection que je vous ai vouée.

PAUL DE CASSAGNAC.

MARBRES

GROUPES

14

1. — La Défense.

Marbre grestola de Carrare.

Hauteur : 0ᵐ,50.

13

2. — La Promesse.

Marbre grestola de Carrare.

Hauteur : 0ᵐ,50.

STATUETTES

3. — La Rosée.

Marbre grestola de Carrare sur socle en rouge antique.

Hauteur : 1 mètre.

4. — La Source.

Marbre grestola de Carrare sur socle en rouge antique.

Hauteur : 0m.72.

5. — La Glaneuse.

Marbre grestola de Carrare sur socle en rouge antique.

Hauteur : 0m,96.

6. — L'Innocence.

Marbre grestola de Carrare sur socle en rouge antique.

Hauteur : 0m,96.

BUSTES

7. — La Rose.

Marbre grestola de Carrare.

Hauteur : 0^m,68.

4,000

8. — Le Lilas.

Marbre grestola de Carrare.

Hauteur : 0^m,58.

4000

9. — L'Hiver.

Marbre grestola de Carrare.

Hauteur : 0^m,75.

4000

10. — Le Printemps.

Marbre grestola de Carrare.

Hauteur : 0^m,75.

4000

11. — L'Été.

Marbre grestola de Carrare.

Hauteur : 0m,75.

12. — L'Automne.

Marbre grestola de Carrare.

Hauteur : 0m,75.

13. — Le Lierre.

Marbre grestola de Carrare.

Hauteur : 0m,60.

14. — La Gaieté.

Marbre grestola de Carrare.

Hauteur : 0m,65.

17100

15. — La Méditation.

1000

Marbre grestola de Carrare.

Hauteur : 0^m,65.

4000

16. — Jeune Faune.

500

Marbre grestola de Carrare.

Hauteur : 0^m,45.

1500

17. — Petite Pompadour.

500

Marbre grestola de Carrare.

Pendant du précédent.

Hauteur : 0^m,45.

1500

18. — Bacchus enfant.

500

Marbre grestola de Carrare.

Hauteur : 0^m,45.

19600

19. — **Petite Faunesse.**

Marbre grestola de Carrare.

Pendant du précédent.

Hauteur : 0^m,45.

20. — **Rose-noisette.**

Marbre grestola.

Hauteur : 0^m,45.

21. — **Cérès.**

Marbre de Seravezza.

Hauteur : 0^m,98.

2 0 6 0 0

TERRES CUITES

1000

9

22. — Hardiesse.

300

Original unique.

Hauteur : 0^m,58.

1000

10

23. — La Crainte.

300

Original unique.

Hauteur : 0^m,58.

100

8

24. — La Défense.

200

Reproduction du marbre n° 1.

Hauteur : 0^m,47.

---

2 1 4 0 0

BRONZES

25. — La Rose.

Bronze florentin, fondu directement sur le marbre N° 7.

Hauteur : 0^m,66.

26. — La Gaieté.

Bronze florentin, fondu directement sur le marbre N° 14.

Hauteur : 0^m,66.

27. — Jeune Faune.

Bronze florentin, fondu directement sur le marbre N° 16.

Hauteur : 0^m,45.

28. — Petite Pompadour.

Bronze florentin, fondu directement sur le marbre N° 17.

Hauteur : 0^m,45.

29. — Bacchus enfant.

Bronze florentin.

Hauteur : 0ᵐ,45.

30. — Petite Faunesse.

Bronze florentin.

Hauteur : 0ᵐ,45.

31. — La Méditation.

Bronze florentin, fondu directement sur le marbre Nᵒ 15.

Hauteur : 0ᵐ,65.

PARIS. — J. CLAYE, IMPRIMEUR, 7, RUE SAINT-BENOIT. — [612]

RED. :

21

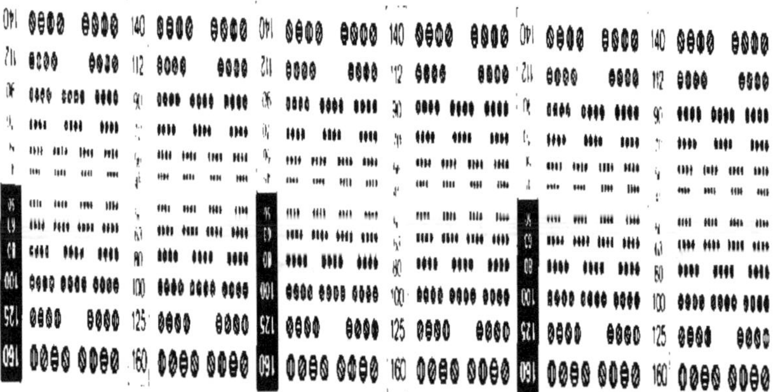

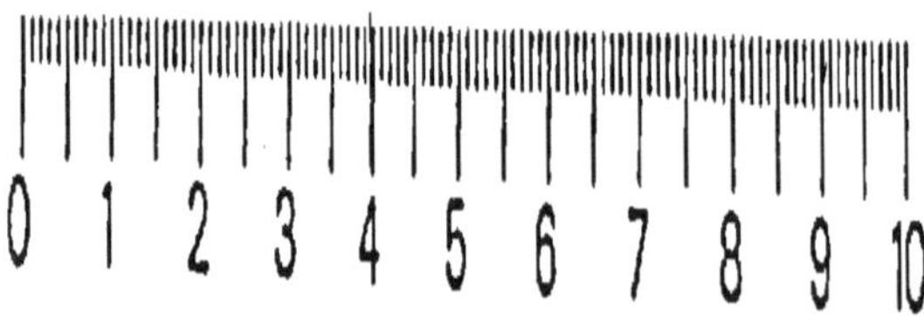

MIRE ISO N° 1
NF Z 43-007
AFNOR
Cedex 7 - 92080 PARIS-LA-DÉFENSE
graphicom

0 1 2 3 4 5 6 7 8 9 10